Rund um die Krippe

Weihnachtliche Geschichten

Gert Flessing

Gert Flessing

Rund um die Krippe

Geschichten

Bibliografische Information der Deutschen Nationalbibliothek:
Die Deutsche Nationalbibliothek verzeichnet diese Publikation in der Deutschen Nationalbibliografie; detaillierte bibliografische Daten sind im Internet über http://dnb.dnb.de abrufbar.

Herstellung und Verlag: BoD – Books on Demand, Norderstedt

ISBN: 978-3-7526-6226-9

Eine Mäusegeschichte

Es war schon spät, als Michael Musculus nach Hause kam. Sein Zuhause war eine Erdhöhle bei Bethlehem und die ganze Nachbarschaft, Hamster, Feldmäuse, Maulwürfe und selbst Achmed die Wanderratte, wunderte sich, wie sich eine Springmaus, wie Michael in ihre Gegend versprungen haben konnte. „Du gehörst eigentlich nicht hier her."sagte Achilles der Goldhamster immer, um dann hinzuzufügen: „Aber was soll` s, du bist halt einmal da, Langbein." Andere wiederum waren längst nicht so duldsam, und sowohl Achmed, als auch der alte Maulwurf Eliesar meinten: „Wir haben schon genügend Hungerleider hier. Was nimmt uns dieses langbeinige, großohrige Monster noch unser Futter weg." Nur die Feldmäuse hielten sich raus. Klein und grau waren sie sowieso nicht die, die sich viel herausnehmen durften, wenn die schönen und reichen sprachen.

Kurz, Michael konnte zwar große Sprünge machen, aber er war doch ziemlich allein.

Der Tag war fast zu Ende, und er nagte an einer armseligen Nuss, die er am Feldrand gefunden hatte. Betrübt ließ Michael die großen Ohren hängen. Was sollte werden? Ob er denn nie Freunde finden würde? „Ach Gott, warum können wir nicht in Frieden miteinander leben." dachte er bei sich.

Er dachte daran, dass es so wenig Frieden auf dieser Welt gibt. Die Feldmäuse fürchteten sich vor Julius, dem Kater des Wirts zur Traube. Julius lag in ständigem Streit mit Cäsar, dem Kettenhund der auf dem gleichen Hof lebte. Selbst der hochmütige Eliesar lebte in ständiger Furcht vor den schnellen Falken.

Bei den Menschen ist es nicht anders, dachte Michael. Der Wirt schimpfte mit seiner Frau. Die schimpfte mit der Köchin. Die Köchin wiederum schmiss neulich ein Scheit Holz nach Julius, weil der eine Wurst vom Herd geholt hatte. Alle gemeinsam schimpften auf die Römer, deren harte Tritte manchmal die kleine Erdhöhle erbeben ließen, wenn eine Kohorte die staubige Landstraße entlangmarschierte. Gerade in letzter Zeit waren nicht nur viele Römer vorbeigekommen. Auch andere Menschen waren nach Bethlehem hineingezogen und herausgekommen, viel mehr, als sonst.

So viel Aufregung! Aber was versteht schon eine Springmaus von alle dem. Michael überlegte. Ob er nicht noch mal zu dem alten Stall gehen sollte, der am anderen Ende der Wiese ist? Es waren ja nur ein paar Sprünge. Dort gab es noch alten Hafer. Der Esel Salome und Waldemar der Ochse, die dort standen, bildeten für einen flinken Springer keine Gefahr. Die Schafe waren ja alle auf der Weide, draußen, weit vor den Toren des Ortes. Da er niemanden hatte, der ihm zu- oder abraten konnte, sprang Michael los. Was für ein

Nacht! Die fernen Sterne über ihm funkelten wie Geschmeide feinster Diamanten. Als sich Michael dem Gebäude näherte, das sich an den Rand des Wiesenstückes duckte, spürte er, dass da was in der Luft lag. Es roch nach Mensch. Mehr noch, - das roch ganz eindeutig nach einem frischen Menschen. Einem Kind, einen Säugling. Das war ein Geruch, den Michael seltsamer Weise gern hatte. Neugierig hüpfte er durch ein Loch in einem alten Bodenbrett. Da lag der Stall vor ihm. Eine Öllampe erhellte ihn notdürftig. Aber Michael sah, was es zu sehen gab. Da war ein Mann. Er beugte sich über seine Frau. Er redete mit ihr. Da war die Frau, die sich über die Futterkrippe beugte, in der das Neugeborene lag. Da war Salome, die Eselin und Waldemar, der Zugochse und der Mann hatte sich gerade aufgerichtet und den Ochsen zur Seite geschoben, dessen Nüstern dem Kind in der Krippe nahe gekommen waren. „Lass ihn doch, Josef," hörte Michael die Frau sagen, „er will doch unseren Jesus nur begrüßen in dieser schwierigen, schönen Welt." „Seltsam", dachte Michael bei sich, „ich kann ja verstehen, was die reden." Daran war er nun wirklich nicht gewöhnt. Sonst hörte er nur drohende dumpfe Geräusche. Aber die Frau hatte tatsächlich gesagt: „Lass ihn doch Josef." Neugierig geworden hüpfte Michael näher. Er sprang mit einem Satz auf einen der alten Balken, die in den Raum ragten. So konnte er das Kind in der Krippe sehen. Jesus hatte die Frau ihn genannt. Er war also ein Junge. Täuschte Michael sich? Hatte dieser Menschenjunge ihm zugeblinzelt? Und wie hell es um das Kind war. Michael hatte schon Neugeborene gesehen (Wo war das doch gleich gewesen?) Er konnte sich nicht mehr erinnern. Aber es schien auch alle unwichtig geworden, angesichts dieses Kindes.

Mit einem Satz sprang Michael auf die Krippe. Die Mutter juchzte auf vor Schreck. „Josef, sieh mal!" Josef stand wie erstarrt. „Was ist denn das!?" rief er aus. Nun, dachte Michael, wenn ich sie verstehe, vielleicht verstehen sie mich auch. „Ich bin Michael, die Springmaus. Ich wohne nebenan." „Springmaus ist gut!"lachte Josef dröhnend. „Maria, hast den Sprung gesehen! Eine Springmaus. Ha, ha, ha." Maria beschaute den kleinen Michael, der ganz still auf einer Ecke der Krippe huckte. „Du bist aber ein drolliger Kerl." sagte sie. Nun geht das wieder los, dachte Michael, gleich kommt: So große Ohren und so lange Hinterbeine. Aber da kam ein zarter Frauenfinger und strich sachte, ganz sachte zwischen Michaels großen Ohren über den Mäusekopf. Das tat gut! Plötzlich war da noch eine Stimme. Es war ein junge, aber sehr klare Stimme. „Michael," Michael lauschte. Wer sprach da. Es dauerte eine Weile, bis er mitbekommen hatte, dass es dan Kind war. Er schaute in die Krippe. Tatsächlich, aus klaren, dunklen Augen blickte ihn das Kind an. „Michael,dies ist eine Nacht des Friedens. Alle sollen das erfahren. Da du heute hier bist, sollst du für alle kleinen Geschöpfe der Bote sein. Jeder darf zu mir kommen. Jeder darf in mir den Ewigen anbeten, der auch dich und alle anderen geschaffen hat." „Aber wer wird mir glauben?"fragte Michael.

„Sie halten mich für ein großohriges Monster." Dabei sanken seine großen Ohren traurig herab. Das Kind lächelte. „Vielleicht hat der Ewige dir große Ohren gegeben, damit du etwas hören kannst, was anderen verborgen ist." Michael schaute auf. „Verstehen dich nicht alle?" Das Lächeln des Kindes war ein wenig traurig geworden. „Nein, alle werden mich wohl nie verstehen." sagte es. Michael wusste nicht, warum er erschauerte bei diesen Worten. Aber da strahlte das Kind schon wieder. „Geh, Michael, ich verspreche dir, dass sie alle dir glauben werden. Geh, lass sie hier zusammen kommen für eine Nacht des Friedens." So sprang Michael los. Frohgemut hüpfte er über seine Wiese, bis er zu der Familie der Feldmäuse kam. „Michael, was ist denn los? Was machst du hier um diese Zeit?" „Ein Kind!" rief Michael, „ein Kind ist für uns in die Welt gekommen, für alle Geschöpfe. Geht in den alten Stall, betet in ihm die Güte des Ewigen an." Er hätte es nicht geglaubt, aber alle Mäuse machten sich auf den Weg. Sie eilten, dass die kleinen Mäuseschwänzchen nur so zitterten. Michael hüpfte weiter. Er traf Eliesar, der gerade einen wunderschönen Maulwurfshügel aufgeworfen hatte. „Ein Kind ist geboren, ein Kind von Gott, um uns Frieden zu bringen!" rief Michael. Eliesar schaute auf. Mit seinen kurzsichtigen Augen blinzelte er. „Wo denn? Ich kenne alte Schriften, da ist so etwas verheißen." Michael erzählte ihm von dem Stall und dem Kind. Eliesar sagte knapp „Danke" und verschwand ins einem Maulwurfstunnel und Michael hörte nur noch das Graben seiner Schaufeln. So kam er bis zum Hof, auch Cäsar, Julius und selbst Achmed, die alte Wandrratte vergaßen, dass sie eigentlich alle etwas gegeneinander hatten. Sie machten sich auf den Weg zum Stall. Auch Michael sprang wieder zurück. Er setzte sich auf den Rand der Krippe. Alle waren sie gekommen, auch Schafe, Hirten, Kinder. Sie schauten andächtig auf das Kind. Über dem Stall aber, der so arm und elend dort stand, strahlte der schönste Stern aus dem Geschmeide des ewigen Himmels. „Siehst du," sagte das Kind zu Michael, „jetzt sind sie all hier, und es ist ein Stück des Friedens, von dem alte Propheten schon sprachen. Eines Friedens, der es ermöglicht, dass der Esel und der Panther, der Wolf und das Lamm, Julis der Kater und Cäsar der Hund, und auch du, kleiner Springinsfeld miteinander leben können." „Wird das jetzt immer so sein?" fragte Michael ehrfürchtig. „Nein," lächelte das Kind wieder wehmütig, „nein, nicht immer. Aber es ist ein Anfang, und wo Menschen und Tiere guten Willens sind, das wird es immer möglich sein können." „Das ist schön." sagte Michael noch und dann rutschte er ganz sacht ins Heu zu dem Kind, kuschelte sich ein und schlief. Er hatte ja auch einen aufregenden Abend gehabt.

Nacht ohne Jagd

Julius war unzufrieden. Seit Tagen war die Herberge zur Traube von Menschen umlagert. Immer wieder kamen neue, brachten fremde Gerüche mit und viele, viel zu viele waren Katzenalergiker. Vor allem aber der Lärm war schlimm. Wo sollte er sich verkriechen? Wo sollte er sein Schläfchen halten? Für einen altgedienten Kater war Schlafen eine der Hauptbeschäftigungen. In der Küche wurde er nicht mehr geduldet. Sonst lag er dort stundenlang am Herd, erhielt hier und da ein Stück Fleisch und hatte es gut. Nun war alles anders. Das hatte er nur dem blöden Römer zu verdanken. Vor drei Wochen war ein Centurio mit drei Mann erschienen und hatte die Traube zu seinem Hauptquartier gemacht. Jedenfalls nannte er es so. Er hatte Zettel dabei, die er im ganzen Ort anheften ließ. Rufus und Claudius, die beiden Soldaten machten das und alle anderen anfallenden Arbeiten für ihn.

Er selbst hatte im kleineren Gastraum eine Schreibstube eingerichtet und Julius sah die Menschen dort hineingehen und herauskommen, hineingehen und herauskommen. Immer und immer wieder. Cäsar der Hofhund ignorierte das alles. Aber Achmed, die alte Wanderratte, die weit herumgekommen war, so weit, dass Julius sie lieber nicht fraß, erzählte, dass in der großen Stadt Rom ein gewisser Augustus dafür verantwortlich war. Der sei der Chef des Centurio, der beiden Soldaten und letztlich und endlich aller anderen Menschen in der Welt. Julius wunderte sich darüber nur. Er hatte keinen Chef. Sicher, der Wirt bildete sich ein, dass er, Julius auf ihn hören würde. Aber das war eben nur Einbildung. Wie konnte man einen Herrn über sich dulden?

Cäsar sagte immer : „Davon verstehst du nichts. Es geht nichts über die Treue zu seinem Rudel, zu seinem Leittier." Er meinte damit den dicken Wirt. Aber Julius wusste, dass er den mit ein wenig schnurren und schmeicheln um die dünnste Stelle der Schwanzspitze wickeln konnte. Dann war der Wirt schnell bereit, einen fetten Happen aus der Pfanne zu holen.

Aber na ja. Jetzt war alles anders, alle waren in Hektik und mit fetten Happen wurde nichts.

Gerade, als Julius sich in einen Winkel des Bodens verziehen wollte, hörte er erneut Lärm. Kräftige Fäuste pochten an das Tor. Der Wirt schlurfte hin und fragte barsch, um was es gehen würde. Eine Frauenstimme war zu hören: „Habt Mitleid, guter Herr. Wir sind aus Nazareth gewandert. Wir können nicht mehr weiter. Gebt uns Quartier." „Nichts da." grollte der Wirt, „erst meine Tür fast einschlagen und dann rumjammern. Trollt euch. Hier ist alles voll." „Aber Herr, ich werd bald ein

Kind zur Welt bringen. Soll es denn im Straßengraben geboren werden?" Der Wirt überlegte. „Na gut. Geht in den Stall dort hinten. Ich in ja kein Unmensch."

Als die beiden Leute sich in den Stall trollten, machte sich auch Julius auf den Weg. Was würde das wohl werden? Ein Kind wird geboren? So überlegte er bei sich.

Der Stall war leer, bis auf Salome, die Eselin und Waldemar den Zugochsen. Alle Schafe waren auf der Weide. Als er an Cäsars Hütte vorbei kam, schoss der Hund heraus: „Was suchst du denn schon wieder hier!" bellte er missvergnügt. Julius kannte die Länge der Kette genau und stellte sich ruhig hin, seinen Rücken zum Buckel krümmend. „Was geht dich das an, du Knechtsseele?" fauchte er. Da er jedoch wusste, dass die Kette bis vor die Stalltür reichte, beschloss er seiner Neugier erst einmal nicht nachzugeben und verließ den Hof. Draußen war es empfindlich kalt und der Wind streifte über die Höhen vor der Stadt. Julius pirschte sich an das alte Lager der Feldmäuse heran, obwohl er eigentlich genau wusste, dass sie zu schlau für ihn waren. Aber ein wenig Jagd verschafft vielleicht Spaß. Natürlich waren alle in ihrem Bau und keine einzige Mäusenase schaute heraus. „Wenn ich Eliesar wäre, würde ich euch ausgraben." murrte er. „Wenn du Eliesar wärst, würdest du Regenwürmer fressen." quietschte es aus dem Mauseloch. Eine Bewegung auf dem Feld schreckte ihn auf. Da sprang etwas heran. Es war Michael, die Springmaus.

Julius hechtete hinterher, aber hakenschlagend war Michael verschwunden. Obwohl es nichts mit der Beute geworden war, machte es Julius Freude, über das Feld zu toben. Unter dem Sternenzelt vollführte er seine Sprünge,hechtete seinem eigenen Schatten nach und hatte die Welt um sich her vergessen. So fand ihn Michael. „He, Springkater!" rief er ganz aufgeregt, „He, du, da ist was passiert, das ist was los. Da im Stall." Julius hörte abrupt mit seinem rumhampeln auf und seine zuckende Schwanzspitze signalisierte nichts Gutes. Aber irgendwie wollte die rechte Jagdlust nicht kommen. Seltsam, dachte er bei sich, sehr seltsam. „Was gibt's denn Hüpferling?" fragte er, anstatt die Maus zu ergreifen. „Ein Kind wurde geboren. Es kommt von Gott." Julius zogen sonderbare Bilder durch sein Katzenhirn. Gott, Prozessionen an einem schilfumwachsenen Fluss, viele Katzen. Bastet, die Liebesgöttin der Ägypter wurde verehrt. Sie trug einen Katzenkopf. Aber Michael sagte ja Gott, nicht Göttin. „Und was geht mich das an?" fragte Julius vorsichtig. „Na ja," meinte Michael, „in dem Kind begegnet uns allen Gottes Liebe." „Woher weißt du das?" wollte Julius wissen. „Das Kind hat es mir gesagt. Es sagte auch, dass ich alle zur Krippe holen soll. Auch dich, Julius." „Was soll ich da? Was kann ein Kind in einer Futterkrippe schon ändern?" „Oh," meinte Michael, „wer dieses Kind sieht, merkt, dass sich schon was geändert hat. Spürst du es denn nicht?" „Was denn?" fragte Julius. „Na den Frieden." lächelte Michael. Jetzt stutzte Julius. Natürlich! Er hatte ja gar kein Verlangen gehabt, den kleinen Michael zu fressen und zu essen hatte er den ganzen Tag nichts gehabt. Das also war das Geheimnis. Er entschloss sich, zu dem Kind in den Stall zu gehen. „Wo gehst du jetzt hin?" fragte er Michael. „Ach, ich muss noch Cäsar holen und Achmed und so." „Die auch?" fragte Julius verblüfft. „Ja, die auch, alle." Michael sprang davon. Julius schlich zum Stall. Warmes Licht schien durch die Ritzen. Dumpf klirrten die Ketten von Waldemar und Salome. Leise spähte Julius um die Tür. Da war die Frau, die er vorhin gesehen hatte und der Mann. Das Licht aber kam nicht von der Laterne, sondern schien direkt von der Krippe auszugehen, in der das Kind lag. „Hallo Julius." hörte er eine sanfte Stimme in seinem Kopf. „Hallo." dachte er, „wer bist du denn?" „Ich bin Jesus. Ich bin auch für dich in die Welt gekommen." Das Kind lächelte ihn an. Während der Mann misstrauisch auf den Kater sah, beugte sich die Frau zu ihm herunter und streichelte über sein weiches Fell. Wohlig streckte Julius seinen Rücken der Streichelhand entgegen. Das tat gut. Wie lange war es her, dass jemand ihm so viel Zuwendung gegeben hatte. Laut begann er zu schnurren.

Die Tür ging auf. Zwei Hirten stürzten in den Raum. Mit ihnen ein großer, zottiger Hund. Aufbellend wollte er sich auf Julius stürzen. Aber so schnell, wie er seinem Instinkt gefolgt war, bremsten seine vier dicken Pfoten wieder am. „Frieden auf Erden." hörten alle. „Wo ich bin und Menschen mich annehmen, da wird Friede sein. Tiere sind da mit eingeschlossen, auch

Julius und Pluto." Der große Hütehund begann ganz langsam mit seinem Schwanz zu wedeln. Auch Julius kam hinter Marias Kleid hervor. Als die beiden sich beschnupperten, öffnete sich die Stalltür erneut. Es war Cäsar und Michael, die herbeikamen. Die Hirten waren auf die Knie gesunken. Andächtig sahen sie auf das Kind in der Krippe, das ihnen allen Frieden bringen wollte. Sie alle wussten, dass es ein Anfang war. Der Friede, den Gott versprochen hatte, würde wachsen müssen, wie dieses Kind und bedroht würde er wohl immer bleiben.

Aber das ist schon wieder eine andere Geschichte.

Heiliger Abend – heilige Nacht

Geboren in einem Abbruchhaus. Maria gerad fünfzehn Jahr. Vielleicht sieht heut so der Erlöser aus, ein Knabe im lockigen Haar.
Geboren in Armut, geboren in Not, geboren im Elendstal. War es nicht einstmals genau so gewesen, in Betlehem, im Stall?
Doch über dem Stall erstrahlte ein Stern inmitten der dunklen Nacht. Gott hat zu denen, die verloren und klein, seine ganze Liebe gebracht.
Als Kind in der Krippe am Rande der Welt hat er sich zu erkennen gegeben. Er wollte ganz einfach bei uns sein und hilft uns einfach zu leben.
Es zählen nicht Reichtum, nicht Macht und nicht Geld. Es zählt nur der Liebe Licht. Das sagt dieses Kind der Heiligen Nacht. Mensch, vergiss das ja nicht.
Geboren in einem Abbruchhaus. Ihr Lieben, was wissen wir schon! Wo immer sich Hoffnung mit Liebe vermählt, sieht der glaubende Mensch Gottes Sohn.

Salome

Ach ja, ich bin ein alter Esel. Na ja, viel mehr eine alte Eselin, meine Herren haben mich vor Zeiten mit dem schönen Namen Salome benannt, und ich habe es gelernt, meine Schritte vorsichtig zu setzen. Das Pflaster Jerusalems ist manchmal recht glatt, und das in mehr als einer Hinsicht. Wisst ihr, ich hätte nie gedacht, ihn noch einmal wieder zu sehen. Wen fragt ihr? Nun, den Heiland der Welt, Jesus, den Sohn der Maria. Aber - heute saß er auf meinem Rücken und ritt in die Stadt Davids ein. Es war schon merkwürdig. Da kamen zwei bärtige Kerle zum Haus meines Herrn und banden mich und mein Kind einfach los. Vor allem Hannibal, mein Sohn freute sich. Wie es einem jungen Füllen zukommt, sprang er vor Freude umher. Mein Herr, der Bäckermeister Aron ben Nathan kam ganz verstört heraus, aber als die beiden sagten: "Der Herr bedarf seiner." Ist er schweigend wieder in seine Backstube gegangen und ich, nun ich ging mit diesen beiden Männern mit. Ich erfuhr dabei, dass sie Petrus und Johannes heißen und Schüler des Rabbi Jesus aus Nazareth sind. Es war eine gute Stunde Weg, und Hannibal trottete schon eine Weile ruhig neben uns her, als wir die anderen erreichten. Ich will nicht sagen, dass ich gleich erkannte, wer sich da auf meinen breiten Rücken setzte. Aber ich spürte es. Wir Esel haben ja ein feines Gespür, und sind keineswegs so dumm, wie manche Menschen in ihrem Hochmut annehmen. So zogen wir los. Es war kurz vor dem Passah und viele Menschen waren auf den Beinen. Als wir der Stadt nahe waren, hörten wir vereinzelt: "Jesus kommt! Nun wird alles gut." Andere sagten: "Er hat seinen Freund Lazarus lebendig gemacht. Gott ist mit ihm." So wurde geredet und gerufen und plötzlich, in der Nähe des Osttores kamen uns singende Menschen entgegen. Männer und Frauen jubelten. Sie sangen und brüllten. "Hosianna!" hörte ich und Satze wie: "Es lebe der Sohn Davids, Er wird uns erlösen" Ich begann zu trippeln, mir wurde richtig Angst inmitten der Menge, die um uns wogte. Plötzlich lagen da vor uns Kleidungsstücke auf dem Weg. Ich musste vorsichtig sein, und aufpassen, wo ich hintrat. Hannibal neben mir drängte sich ängstlich an meine Seite. Die Menschen bildeten dann eine regelrechte Prozession. Sie hatten Palmzweige abgerissen und winkten damit. Sie sangen Halleluja und Hosianna und schienen Jesus schon als König zu sehen. Wie nicht anders zu erwarten, zog der ganze Zug zum Tempel. Hier nun endete für mich der Weg. Eine Stunde später traf ich an der Herberge zum gelben Ochsen, in der Jesus und seine Jünger Passah feiern wollten und vor der ich angebunden war, Schlomo Schlau, einen einjährigen Widder. Er irrte durch die Straßen der Stadt. Ich fragte ihn, was er hier, so weit von der Weide suchen würde, und er erzählte, wie Jesus plötzlich in den Tempel gekommen war. Er hatte den Geldwechslern die Tische umgestoßen und die Taubenkäfige geöffnet und dann hatte er Schlomo und anderen die Stricke abgemacht. Er hat damit um sich gehauen und dabei gebrüllt, der Tempel solle ein Haus der Stille und des Gebetes sein, aber kein Basar oder eine Räuberhöhle. Er, Schlomo sei froh, denn er sollte geopfert werden und das bedeute gewiss für ihn nichts Gutes. So sagte er und dann trollte er sich.

Ach ja, ich stand vor der Herberge und erinnerte mich an meine Jugend. Da hatte ich einen Stall in Bethlehem, das ja nicht weit von Jerusalem ab ist. Meine Herrschaft waren die Eltern von Miriam, die später Aron geheiratet hat. Also ich stand dort im Stall. Neben mir Waldemar, der Zugochse der Familie. Die Schafe, die dort sonst auch waren, waren auf den Weiden oben vor der Stadt. Es gab viel Unruhe, denn die Römer machten Volkszählung. Es schien mir, als ob der reine Irrsinn ausgebrochen sei. Auch bei uns waren fremde Menschen, irgendwelche Gastfreunde einquartiert. Ich hatte gerade ein Maul voll Heu genommen, da flog die Stalltür auf und ein junges Paar kam rein. Die Frau war hoch schwanger, und es dauerte nicht lange, da lag ein kleiner Junge, sauber gewickelt in der Futterkrippe. Ich beäugte ihn und auch Waldemar, der alte Ochse schnaufte mit seinen großen Nüstern da rum, bis der Mann, Josef hieß er ihn weg schob. Ach ja, nachdem die Frau, Maria, die beiden stammten aus Nazareth, sich ein wenig erholt hatte, ging es bei uns wie im Taubenschlag. Da kamen Hirten. Sie brachten Schafmilch und Käse. Da kamen andere Leute, die kleine Geschenke brachten und viele berichteten, Gott habe durch Engel etwas von Frieden sagen lassen, der mit diesem Kind verbunden ist. Schließlich kamen auch noch drei fein gekleidete Herren mit einem ganzen Tross von Dienern. Sie kamen in unseren elenden Stall und knieten nieder. Sie sprachen davon, dass dieses Kind, Jesus hatten die Eltern es genannt, ein Erlöser, ein Befreier der Welt sei. Nun, zunächst sah es weniger danach aus. Schon einen Tag später packte die Familie ihre wenigen Habseligkeiten und machte sich auf den Weg. Sie hatten in der Nachbarschaft einen Esel gekauft, der, wie ich erfuhr, sie nach Ägypten trug. In Bethlehem aber erschienen die Mordbrenner des Herodes und töteten Kinder.

Nein, ich hätte nicht gedacht, dass ich diesen Jesus noch mal wieder sehen würde. Nun ist er auf meinem alten Rücken in Jerusalem eingezogen. Er ist wirklich wie ein Erlöser begrüßt und gefeiert worden. Aber ob das so bleibt? Wie gesagt, das Pflaster von Jerusalem ist glatt und das in mehr als einer Hinsicht.

Licht in der Dunkelheit

Ich, Lucas Aelius Varro schreibe diese Geschichte im Angesicht von Alter und Tod. Ein erfülltes Leben liegt hinter mir. Erfüllt im Dienst meines Imperiums und im Dienst meines Erlösers.

Aber einen Moment dieses Lebens kann ich nicht vergessen. Es war in der Zeit des Augustus. Er, der schon lange vergöttlichte, hatte den Bürgerkrieg beendet und den Tempel des Janus schließen lassen. Ich war ein junger Ritter, der frisch in den Staatsdienst getreten war. Mein Vater saß im Senat und gehörte zu der Fraktion, die dem Cäsar Octavianus nicht so ergeben war. Trotzdem genügte sein Einfluss, mir den Weg zu ebnen.

Wie dem auch sei, Augustus hatte vor, eine Apographe, eine Volkszählung zu machen. Wir jungen Spunde wurden in alle Ecken des Reiches in Bewegung gesetzt, um diese Zählung durchzuführen. Mein Freund Aulus Secundus kam beispielsweise nach Spanien, sein Bruder musste in Gallien die Zählung überwachen. Ich merkte zum ersten Mal die Animositäten zwischen dem Princeps und meiner Familie, denn mir wurde die Ehre zuteil, nach Judäa zu gehen. So mancher wird nicht wissen, wo das liegt. Nur so viel, es gilt nicht als der Nabel des Imperiums und es ist eine nicht sehr reizvolle Gegend. Auch die Menschen dort haben ihre Eigenheiten. Zu denen gehört, dass sie die Segnungen des Imperiums nicht zu schätzen wissen und uns Römer gern loswerden würden. Da sie jedoch nicht fähig sind, sich selbst zu regieren, werden sie wohl noch lange mit einem römischen Procurator vorlieb nehmen müssen.

Jedenfalls schiffte ich mich in Ostia ein und fuhr über das Mittelmeer hinüber nach Cäsarea. Von dort begann ich den mühseligen Akt der Erfassung der Menschen in Judäa, in Samaria und in Galiläa. Eigentlich war es nicht schwer. Eine Kohorte hatte ich zum Schutz und drei Schreiber für die Arbeit. Dort besteht die Eigenheit, dass es Geschlechtsregister gibt, die an bestimmten Orten geführt werden. Jeder musste also da hin, um einen Abgleich zu ermöglichen. Nach einer Weile waren wir ein eingespieltes Team und hatten schon über die Hälfte der Stammesgruppen abgearbeitet. So kam ich denn auch in den kleinen Ort Bethlehem in der Nähe Jerusalems. Dieser Ort hat für die Juden eine besondere Bedeutung, denn einst soll hier ihr König David geboren worden sein.

Einer Legende oder Prophezeiung nach sollte ein zukünftiger König ebenfalls hier das Licht der Welt erblicken und seine Bedeutung würde größer sein, als die Davids. Doch wer glaubte damals bei all der Hektik an Wunder und Zeichen. Im Gasthof zu Lamm hatte ich mich eingerichtet. Hier liefen alle Fäden zusammen, hier und in der Synagoge, in der die jüdischen Unterlagen aufbewahrt wurden. Die Dinge liefen freilich etwas aus dem Ruder, denn Bethlehem ist klein und eine unheimliche Masse Menschen hatte denn doch Verbindungen zu diesem Stamm. Bei vielen stand sogar David im Stammbaum.

Ich erinnere mich, das es eines abends Unruhe in unserem Gasthaus gab. Ich hatte mich gerade zur Ruhe begeben, als unten das Geschrei los ging. Gajus Grachus, der Feldwebel meiner Kohorte, rief nach mir, weil ich schlichten solle. Als ich unten im Schankraum eintraf, war da ein junges Paar. Sie sahen erbärmlich aus. Die junge Frau war dazu noch hoch schwanger. Der Wirt barmte. „Wir haben wirklich keinen Platz und wie wollt ihr überhaupt bezahlen." Ich wollte schlafen. Als Amtsperson konnte ich das Gezeter nicht dulden, und die beiden waren ja auch Bürger des Imperiums, wenn schon nicht Bürger Roms. „Du hast doch einen leeren Stall. Mein Pferd wird Gajus auf die Koppel schaffen. Es tut deinen Schafen schon nichts." „Ja, aber auch ein Stall hat seinen Preis." Ich warf dem gierigen Wirt eine Sesterze zu. „Hier, das reicht und dafür gibst du ihnen noch eine Laterne mit rüber." Ich ging dann schlafen. In der gleichen Nacht brachte die junge Frau einen strammen Sohn zur Welt. Es hatte dann noch einigen Auftrieb gegeben und mir erzählten einige Leute meiner Kohorte etwas von Engelwesen. Ich hatte es wohl verschlafen.

Aber dann sah ich eines Abends, als ich im Hof war, einen wunderschönen Stern, der direkt über dem Gasthof zu stehen schien. Er flimmerte und schimmerte und schien wie ein Abglanz der Götter. So etwas sieht man nicht oft. Und dann kamen sie. Drei Magier aus dem fernen Assyrien. Weise Männer, die dem Stern gefolgt waren. Ich bat sie, als Vertreter Roms an meinen Tisch. Sie würden einen König suchen, sagten sie. Er wäre erst gerade geboren worden. Ich lächelte. „Hier?" Es schien mir unglaubwürdig. Dann erzählten sie von der Prophezeiung, das in Bethlehem ein besonderer König geboren werden soll, einer, der Frieden bringt. Nun hatten wir zwar Frieden, aber doch nie richtig. Ich verstand schon, um was es ging. Es ging um einen Frieden, der größer ist, als das, was wir verstehen und in Verträge packen. Es geht um die Herzen. Sie hatten auch Geschenke mit. Als sie zum Stall gingen, folgte ich ihnen aus Neugier. Als ich das Kind sah, in Windeln und in der Krippe, ließ mich der Anblick nicht mehr los. Ich spürte, das hier mehr war, als der Imperator von Rom je geben konnte. Hier war so viel Ruhe, so viel Liebe und Hoffnung, das ich ganz automatisch in die Knie sank.

Es war hell geworden in mir. Ich kann es nicht leugnen.

Als meine Aufgabe zu Ende war, nahm ich aus Jerusalem einige Schriftrollen mit und befasste mich mit diesem Glauben an einen unsichtbaren Gott.

Ich machte nicht gerade Karriere, aber ich war ein angesehener Richter und lebte von den Erträgen unserer Güter.

Eines Tages kam die Kunde, das es eine neue religiöse Gruppe unter den Juden Roms geben würde. Ich machte mich kundig, aber die jüdischen Geschäftsleute winkten ab. Es ginge um einen Jesus von Nazareth, der am Kreuz gestorben war.

Aber meine Neugier ließ nicht locker. So lernte ich Petrus kennen und schließlich Paulus, den weitgereisten Schriftgelehrten. Von ihnen erfuhr ich, das dieser Jesus nicht einfach gekreuzigt, sondern von Gott wieder auferweckt worden war. Und ich erfuhr, das er einst in einer Nacht in Bethlehem geboren worden war. Ich war nicht mehr jung, aber da war es wieder, dieses Licht und die Wärme, die ich an der Krippe gespürt hatte. Ich ließ mich taufen. Ich merke seither, das ich nicht allein lebe. Meine Frau ist gestorben vor einigen Jahren, meine Kinder und Enkel sind über das Imperium verstreut. Ich lebe hier und bin dankbar, das ich aufschreiben darf, was ich einst vor so vielen Jahren in einem Winkel des Imperiums erleben durfte. Ich bin froh, das ich das Licht sah, als es seinen Weg zu uns Menschen begann.

Gedanken auf dem Weg zur Krippe

1. **Advent**

Was wird uns begegnen auf unseren Pfaden?
Hat Gott uns wirklich zum Dienste geladen?
Wie können wir vor ihm denn jemals besteh'n?

Er wird mit uns sein, wenn wir ihm vertrauen.
Wir dürfen ihm folgen, nach seinem Reich schauen.
Wir wollen gemeinsam den Weg mit ihm geh'n.

Es ist keine Frage von unserem Willen.
Alleine der Herr kann die Ängste uns stillen.
Er ist es, der uns durch sein Kreuz immer hält.

So wollen wir denn seine Wege neu gehen.
Wir wollen bereit sein, im Dienste zu stehen.
Er ist der kommende Herr dieser Welt.

2. Advent

Niedergebeugt gehn wir oft durch die Welt.
Es ist ja wahr, dass vieles nicht gefällt, was wir auf
unsern Wegen sehen.

Wir seufzen nach Erlösung Tag für Tag.
Wir fürchten, dass nicht enden will die Plag, wer
wird uns denn zur Seite stehen?

Es strahlt ein Licht durch diese Weltennacht.
Gott hat sich zu uns auf den Weg gemacht, damit
ein jeder Hoffnung find.

So blickt nun auf, Erlösung ist schon nah.
Wer niemals Hoffnung je vor Augen sah, der
findet sie in Jesus, wird selbst Gottes Kind

3. Advent

Wie kann ich dir, o Gott, den Weg bereiten? Ich
kann ja meinen eignen Weg kaum sehn.
Ich will vertrauen! Mag dein Wort mich leiten.
Allein für mich kann ich niemals bestehn.

Doch du willst dich uns allen menschlich nahen.
Kommst auch zu mir, in meine Dunkelheit.
Du warst bei allen, die das Licht je sahen, das
aufscheint in der Krippe, durch die Zeit.

Ich will mein ganzes Herz dem Kinde geben,
damit sein Lichtschein mich durchdringen kann.

Ich will es wagen und adventlich leben. So mach ich Gott in meinem Leben Bahn.

4.   **Advent**

Der Herr ist nah, spürst du es nicht? Aus seiner Ewigkeit fällt bald ein Licht auf diese dunkle Erde.

Der Herr ist nah, erscheint in einem Stalle und ist auch dort der Herr für dich und alle, er kommt, dass   Frieden   werde.

Der Herr ist nah, so freue dich, o Welt. Er ist Erlöser dem, dem es gefällt, wird mit uns eins, jedem   zum   Heile.

Der Herr ist nah, der Jubel, er ist groß. Er liegt als kleines Kind in seiner Mutter Schoß, auf dass er seine Herrlichkeit mit allen teile.

Der König und ich

Ich, Nabunasar, war mit bei ihm gewesen. Balthasar, Melchior und Kaspar waren nicht allein ins jüdische Land gezogen, wie manchmal angenommen wird, wie es auch geschrieben steht. Ich war bei ihnen. Es ist nun schon lange her und ich bin ein alter Mann darüber geworden. Damals war ich ein Jüngling, aber von dem gleichen heiligen Eifer getragen, wie meine Kameraden. Wir hatten seinen Stern gesehen! Wir waren diesem Stern gefolgt. Nein, wir wussten nicht, was uns erwarten würde. Wir sind auch nicht spontan aufgebrochen, wie man vermuten könnte, wenn man den großen Theologen Matthäus liest.

Aber ich will am Anfang anfangen. Das macht sich meistens am besten: Es war ein warmer Abend, als mich ein Brief Melchiors erreichte. Er wohnte fern von mir in der Nähe von Saba. Einst hatten wir gemeinsam in Persepolis studiert. „Melchior an seinen liebsten Freund Nabu, Gruß zuvor." so begann er seinen Brief. Dann schrieb er: „Ich habe im Horoskop für das kommende Jahr eine Besonderheit entdeckt, die ich dich zu überprüfen bitte. Wenn mich meine Augen nicht verlassen haben, ist mit einer weltbewegenden Geburt zu rechnen. Ich meine das wörtlich, liebster Nabu. Diese Geburt wird die Welt verändern, wenn zutrifft, was ich errechnet habe." Er schickte mir dann noch die von ihm berechneten Daten. Ich nahm mir vor, das gleich in der kommenden Nacht in unserem großen Observatorium zu überprüfen. Was ich nicht wusste, war, dass er auch Kaspar in der Wüste von Om und Balthasar in den Weiten Afrikas eine gleiche Nachricht zukommen ließ. Vor allem Balthasar war ein Exot. Sein Sternenhimmel war so anders als der unsrige, weil er sich auf der südlichen Halbkugel unserer Erde befand. Kaspar wiederum lebte so hoch am Gipfel der Berge, die nach den Ansichten der Inder dem Himmel tragen, dass er den Sternen näher war, als wir anderen. So machte ich mich denn am Abend daran, die Werte nachzurechnen, die ich bekommen hatte. Ich saß auf dem höchsten der Türme unserer alten Tempelanlage, in der schon lange kein anderer Gott als Ahuredmadzda verehrt wurde. Er, der eine und ewige sollte auch mich leiten. Ich sah über mir das Firmament mit seinen unzähligen Sternen, die sich in sinnfällige Bilder gruppierten. Ich sah die Bahnen, die von den Planeten gezogen wurden, und ich schaute auf meine Tabellen, überlegte, rechnete und verglich. Sollte es möglich sein? Ich rechnete noch einmal. Wahrlich, es würde zu einem Treffen der großen Planeten kommen. Saturn, Jupiter und Venus würden eine Linie bilden. Es gab noch einige Besonderheiten, mit denen ich niemanden langweilen will. Letztlich jedoch wies alles auf die bevorstehende oder erfolgte Geburt eines mächtigen Herrschers hin. Nun wusste jeder, dass der große Augustus in Rom keinen Sohn hatte.

Seine Frau hatte ihm nur eine Tochter geboren. Aber die letzte Berechnung wies sowieso nicht auf Rom hin. Die Begegnung der Planeten würde im Sternbild des Widder stattfinden und der Widder, der stand seit langer Zeit für das Haus Juda! Ich rechnete noch mal und noch einmal, aber immer wieder war das Ergebnis das gleiche. Ich schlug nach, wer denn in dieser Weltgegend gerade herrscht. Es war ein Herodes, über den man nichts gutes zu berichten wusste. Außerdem war er von der Gnade und Ungnade Roms abhängig. Sollte ausgerechnet dort ein Herrscher geboren werden, der Weltgeltung erlangen würde? Es war beinahe unglaublich. Aber wir hatten gelernt, den Sternen zu vertrauen. So antwortete ich Melchior und bestätigte seine Berechnungen.

Bald darauf erreichte mich eine Nachricht von ihm, dass wir uns in Damaskus treffen wollten. Er teilte mir auch die anderen Teilnehmer unserer Expedition mit. So machte ich mich denn auf den Weg. Ein guter Maskatesel trug mich und ein Kamel meine Reiseutensilien. Es war genügend Gold, um die Zöllner zu bezahlen oder zu bestechen dabei, aber auch einige Schmuckstücke, die ich dem neuen König oder Fürsten zu verehren gedachte. Als wir uns in Damaskus trafen, war uns eigentlich ziemlich deutlich, wie absurd unsere Reise war. Mit keiner Silbe hatte der Karawanentratsch von der Geburt eines Prinzen gesprochen. Es hieß nur wieder, dass Herodes einige seiner eigenen Sippe hatte über die Klinge springen lassen. Kaspar murrte: „Wohin sollen wir uns denn nun wenden?" Balthasar sagte: „Wenn ich dort unten die gleichen Berechnungen machen konnte, muss es stimmen." „Fragen wir doch einfach mal bei Herodes an." sagte ich darauf. So zogen wir denn los, den Jordan entlang. Es war nicht sonderlich weit. Herodes weilte in seiner Hauptstadt Tiberias. Er war ein gieriger alter Knabe. „So, ein Herrscher soll geboren sein? Einer von Weltbedeutung?" so knurrte er uns an. „Hm, noch herrsche ich. Aber man weiß ja nie, was die Götter, ehm, der Ewige, so bestimmt." Sein Blick hatte etwas an sich, was uns nicht gerade froh stimmte. Das war ein Mann, den man nicht gern zum Feinde hat, dachte ich. Aber er bewirtete uns doch und setzte uns auch kein Gift vor. Dann rief er nach seinen eigenen Weisen. Die kamen, zitternd und ängstlich warfen sie sich vor ihm zu Boden. „Wisst ihr irgend etwas, was mir entgangen ist?" schrillte er sie an. Sie wanden sich vor ihm.

„Erhabener, wir wissen nichts. Wenn wir ein paar Anhaltspunkte hätten..." Er wies nur auf uns, und wir erzählten seinen Priestergelehrten, was wir erfahren hatten. Wir wussten natürlich, dass sich Juden offiziell nicht mit Sterndeuterei befassen durften. Aber sie kannten alte Schriften, und als wir davon sprachen, dass die Hinweise auf Juda eindeutig seien, sagte einer von ihnen: „Oh ihr hohen Herren, in einer unserer alten Schriften steht, dass in Bethlehem in Judäa der geboren werden soll, der über Israel Herr ist. Mehr noch, dem Gott die Macht über alles anvertrauen wird."

Herodes fuhr auf: „Warum habt ihr mir das nicht schon früher gesagt! Warum muss ich so etwas erst durch den Besuch von Fremden erfahren!" Einer der Priester richtete sich auf: „Gnädiger Herr, wir hätten nicht geglaubt, dass wir dieses Wunder je erleben würden. Es ist schon Jahrhunderte her, dass die Propheten das schrieben." Herodes grinste: „Macht euch fort, nun wisst ihr es ja." Seine Stimmung hatte sich verändert. „Meine Herren, ich bin euch zu Dank verpflichtet. Ich verstehe, dass ihr schnell aufbrechen möchtet. Sucht nur, und wenn ihr den Prinzen gefunden habt, so kommt und sagt es mir. Auch ich will ihm die Ehre geben, die ihm gebührt." Nun, wenn das kein Rauswurf war... Jedenfalls machten wir uns auf den Weg. Judäa gehörte noch mehr, als Galiläa fest zum römischen Reich. Es hatte gerade vor einiger Zeit die Volkszählung über sich ergehen lassen. Bethlehem war ein recht erbärmlicher Ort. Wir erkundigten uns, ob es etwas besonderes im Blick auf eine Geburt in letzter Zeit gegeben hatte. So wurden wir an einen alten Hirten verwiesen. Er neigte sich tief vor uns. Dann sagte er: „Ach, ihr Herren, es ist schon fast ein halbes Jahr her, da waren wir nachts mit den Tieren draußen. Da kam ein Engel und sandte uns zu einem Stall hier in der Nähe. Dort war ein Kind geboren worden, ein

Junge. Jesus heißt er. Der Engel sagte uns, er würde die Welt erlösen. Wir fanden es, wie uns gesagt worden war. Aber viele wollen uns nicht glauben." Auch wir waren verblüfft. In einem Stall? Aber Kaspar sagte: „Denkt an die Legende von Zeus. Auch er wuchs bei Hirten auf, im Verborgenen." So gingen wir von dem Hirten geführt bis zu dem Ort, von dem er gesprochen hatte. Was vielleicht früher ein Stall gewesen war, war ein kleines freundliches Häuschen. Als wir uns wunderten, erzählte der Hirt, dass der Vater des Kindes Zimmermann sei und sich auf Holz gut verstehen würde. So traten wir ein. Die Mutter hatte das Kind gerade gestillt und es lag in seinem Bettchen. Der Vater war unterwegs, er hatte einen Auftrag angenommen. Wir sahen das Kind und wir begriffen: Gott hatte seinen eigenen Weg gewählt, um in dieser Welt etwas zu verändern. Nicht von einem Thron herab, sondern von unten, von den Menschen und ihrer Not her wollte er die Welt neu formen. So sanken wir in die Knie.

Meine Kollegen brachten ihre Geschenke dar. Gold, Weihrauch und Mhyrre. Ich holte den Schmuck heraus, aber er erschien mir fast als zu arm für dieses Wunder, das ich vor Augen hatte. Wir blieben über Nacht. In der Nacht spürten wir Gottes Berührung im Traum. „Geht auf anderem Wege heim, geht nicht zu dem Gangster Herodes. Verratet mein Kind nicht."sagte uns der Traum. Am anderen Morgen wollten wir aufbrechen. Josef, der Vater des Kindes war ganz aufgelöst.

Auch er hatte geträumt. Auch er sollte fort, sollte das Kind in Sicherheit bringen. Sollte er das Gold nehmen, um einen Esel für die Flucht zu kaufen? „Wo sollen wir denn hin?"fragte er entnervt. „Wenn es euch nichts ausmacht," sagte ich zu der Familie, „so will ich euch begleiten. Ich habe einen Gastfreund in Memphis in Ägypten. Er wird euch aufnehmen." So hatte ich die Möglichkeit, dem Kind nahe zu sein, und ich konnte ihm etwas geben, was mehr zählt, als Gold oder Edelsteine, ich gab ihm ein Stück meines Lebens. Es wurde eine beschwerliche Reise, bis Beerscheba und dann weiter in die Provinz Ägypten. Aber dank der römischen Herrschaft und ihrer Straßenbaumaßnahmen und der Poststationen am Weg gelangten wir ohne Probleme bis nach Memphis. Mein Gastfreund nahm die drei freundlich in sein Haus auf. Auch er spürte die Macht, die von dem Kind ausging. In einer seiner Werkstätten fand Josef Arbeit, so dass er nicht auf die Gnade fremder Menschen angewiesen war. Ich aber machte mich wieder auf den Heimweg. In Jerusalem, wo ich Station machte, hörte ich, dass die Flucht wirklich nicht unbegründet gewesen war. Söldner des Herodes hatten viele Kinder in Bethlehem getötet. Jetzt war mir auch klar, was er gemeint hatte, als er davon sprach, dem Kind die ihm gebührende Ehre geben zu wollen.

2020

Die Jahre kommen. Die Jahre gehen. Was haben unsre Augen nicht alles gesehen. Was haben unsre Ohren nicht alles gehört. Manches hat erfreut. Vieles hat verstört. Doch sahen wir auch im Laufe der Zeit: Dem, der vertraut, ist ein Licht niemals weit.

Die Jahre kommen. Die Jahre gehen. Nichts, was ist, kann ewig bestehen. Ewig ist das Wort des Höchsten allein. Er hat einst gesagt, er will bei uns sein. Er ist das Licht, das uns leitet bei Nacht und er hat uns zu seinen Kindern gemacht.

Die Jahre kommen. Die Jahre gehen. Wir haben das Licht der Weihnacht gesehen. Wir haben die Liebe Gottes erfahren, sie hielt uns und hält uns in all den Jahren. So möge die Zeit auch weiter verstreichen, er wird uns sein Heil in der Ewigkeit reichen.

Licht in der Nacht

Nicodemus war alt. Nein, nicht an Jahren, da
zählte er erst knapp fünfzig. Aber er war alt in
seinem Geist, der seit seiner Jugend rastlos in der
Thora geforscht hatte. Nun gehörte er zu den
weisesten der Weisen seines Volkes und seine
Stimme hatte im Rat Gewicht.

Wieder einmal saß er über eine Schriftrolle
gebeugt. Leise murmelte seine Stimme die alten
Worte und sein Oberkörper schwang im Rhythmus
der Sprache.

Seine Frau wusste, dass sie ihn nicht stören durfte.
Es war für ihn mehr Gottesdienst, als der Gang zur
Synagoge oder die Opfer, die er im Tempel
darbrachte.

Schließlich trat er in den Innenhof und setzte sich
zu Sarah seiner Frau auf die steinerne Bank. Er
starrte eine Weile ins Wasser des Teiches, schien
aber weder die blühenden Teichrosen, noch die
Goldfische wahrzunehmen. „Was soll werden?"
sagte er leise und legte seine Hand auf die seiner
Frau. „Was meinst du?" fragte sie ihn. „Ich meine
diese Welt, ich meine unser Volk. Was soll werden
mit uns?" „Aber es geht uns doch gut." meinte
Sarah, „Deine Geschäfte gehen, die Kinder sind
versorgt und wir haben Ruhe. Und du, du genießt
den Respekt der Gemeinde." Nicodemus schüttelte

den Kopf. „Die Welt ist verworren. Die Menschen sind voller Bosheit und Gewalt. Die Römer, die wir im Lande haben, machen es nicht eben besser." „Sind sie es nicht, die uns den Frieden garantieren? Und ob wir Steuern für sie zahlen oder für einen Verrückten, wie es Herodes war, ist doch egal." Nicodemus sah seine Frau an. „Was aber ist mit denen, die keine Steuern zahlen können? Was ist mit denen, die nicht genug zum Leben haben? Ich sah heute Männer am Markt stehen, die hat niemand eingestellt. Sie haben keinen Lohn bekommen, aber auch sie haben Familie." Verwundert blickte seine Frau auf. „Nico, es war doch schon immer so, das einige des Segens teilhaftig werden und andere nicht." „Frau, ich habe daran gedacht, wie es wäre, wenn ich da stünde, wenn ich darauf warten würde, das mich jemand zur Arbeit nimmt und keiner will mich haben. Ich habe darüber nachgedacht, wie ich mich fühlen würde, wenn ich dir keinen Denar bringen könnte, um Brot und Wein zu kaufen. Und – ich habe darüber nachgedacht, was wohl Gott dazu sagt." „Mann, du denkst zu viel. Wenn es nicht Gottes Wille wäre, würde es doch anders sein."

„Gottes Wille? Ich habe neulich bei dem Propheten Amos gelesen, das Gott unsere Tempelgottesdienste, auf die wir so stolz sind nicht will. Er möchte, das wir uns ändern. Er möchte von uns Gerechtigkeit und das Tun des Rechts. Amos hat die Reichen angeprangert, die auf Kosten der anderen Menschen leben." „Hat Amos was geändert?" fragte Sarah. Nicodemus ließ seinen Kopf sinken. „Nein, geliebtes Weib, nein. Er sah dann Krieg und Tod. Du weißt ja, das unser Volk von den Babyloniern weggeführt wurde." Sie schwiegen beide dann gingen sie schlafen.

Tage später sinnierte Nicodemus immer noch über das Problem der Gerechtigkeit. Auch auf seinem Weingut lagen wieder einmal viele Arbeiten an. Hatte er bisher alles seinem Verwalter überlassen, ging er nun selbst einmal auf den Markt. Es war früh. Die Sonne war gerade aufgegangen, aber die Tagelöhner waren schon da. Aufmerksam ging er von einem zum anderen. Zwölf Männer waren es schließlich, mit denen er sich über die Summe eines Denars als Tagelohn geeinigt hatte, die sich auf den Weg zu seinem Weingut machten. Als er um die dritte Stunde zum Markt kam, weil er bei den grichischen Händler Archimaius nach Schriftrollen stöbern wollte, waren immer noch viele Tagelöhner da, die bisher keine Arbeit gefunden hatten. Einen kannte er. Der hatte früher selbst ein bischen Grundbesitz gehabt, war aber dann durch die nachgebenden Getreidepreise ruiniert worden. „Jakob, geh in mein Weingut. Ich zahle dir, was recht ist." Schweigend ging Jakob zu der angebotenen Arbeit. Es schnitt Nicodemus ins Herz, ihn so gehen zu sehen. „Was möchte Gott von uns?" murmelte er. Dann vertiefte er sich in das Angebot des Griechen. Als er nach zwei Stunden merkte, das er Hunger bekam, hatte er eine neue Schriftrolle gekauft. Immerhin zweihundert Sesterzen hatte er dafür bezahlen müssen. Er ging über den Markt, um in der Traube, in der auch sein Wein ausgeschenkt wurde, ein wenig zu essen. Immer noch standen Männer auf dem Markt. Er dachte an das Geld, das er für die Rolle des Propheten Jesaja gezahlt hatte. Jeder der hier wartenden und hoffnungslosen Männer hatte wenigstens drei Tage davon leben können. Vier fielen ihm besonders auf. Sie standen zusammen und schienen Brüder zu sein. Er ging auf den Ältesten zu. „Warum steht ihr noch hier?" „Herr, keiner hat uns Arbeit gegeben." Sie klagten nicht, sie bettelten nicht. Nicodemus sagte: „Ihr kennt das Weingut des Nicodemus? Geht hin. Ich will euch geben, was recht ist." Er aß seinen Imbiß und trank einen Becher des in seinen Weinbergen erzeugten Weines. Dann machte er sich auf den Weg zu dem Weingut, um die Auszahlung der Löhne diesmal selbst zu überwachen. Sein Aufseher staunte nicht schlecht, als der Herr selbst vorbei kam. „Höre", sagte Nicodemus, „Fang bei denen an, die zuletzt gekommen sind und dann so weiter." So kam es, dass die vier Brüder, die erst vor kurzem mit ihrer Arbeit begonnen hatte, einen Denar erhielten und froh ihres Weges gingen. Auch Jakob hatte einen Denar erhalten. Als nun jene Männer kamen, die Nicodemus schon am Morgen eingestellt hatten, bekam auch jeder einen Denar. Einer begann zu grollen. Nicodemus sagte zu ihm: „Freund, warum grollst du?" Der antwortete: „Du hast die anderen, die nicht so lange gearbeitet haben, uns gleich gemacht. Ist das gerecht? Hätten wir nicht mehr bekommen müssen?" Nicodemus strich seinen Bart. „Sag, haben wir uns heute früh nicht auf einen Denar geeinigt gehabt?" „Ja, schon. Aber..." Nicodemus schnitt ihm das Wort ab. „Nimm, was wir vereinbart haben und geh. Das Geld, das ich hier zahle ist doch mein Eigentum. Ich kann damit machen, was ich will. Oder bist du neidisch, weil ich anderen gegenüber großzügig bin? Sie brauchen den Denar so, wie du." Der Mann schwieg und ging. „Ob er es begriffen hat?" dachte Nicodemus.

Als er am Abend mit Sarah darüber sprach, lächelte sie. „Ich glaube nicht, das es die Männer verstanden haben. Ich weiß nicht einmal, ob ich es verstanden habe." „Ich wollte gerecht sein und helfen. Ein Denar ist doch nicht viel und hilft dennoch einer Familie zu überleben. Will Gott nicht Gerechtigkeit viel mehr, als alles andere von uns."

„Ach Nico, du bist ein guter Mensch." Sarah küsste zärtlich ihren Mann.

In der kommenden Woche vertiefte sich Nicodemus in die Jesajarolle. Die Geschichte von dem Denar, den er allen gegeben hatte, machte derweil die Runde in der Gemeinde. Viele schüttelten den Kopf, manche lächelten ironisch. Es gab aber auch Stimmen, die recht böse waren und davon sprachen, das man nicht weit kommt, wenn man das Tagelöhnerpack verwöhnt.

„Warum schenkt Gott den Menschen denn nicht Einsicht?" klagte Nicodemus seiner Frau. „Wenn du es nicht weißt, wie soll ich es dann wissen?" meinte sie.

Ein paar Tage später kam er und sagte zu ihr: „Hör mal, was ich vorhin bei Jesaja gelesen habe: Und es wird ein Reis hervorgehen aus dem Stamm Isais und ein Zweig aus seiner Wurzel Frucht bringen. Auf ihm wird ruhen der Geist des HERRN, der Geist der Weisheit und des Verstandes, der Geist des Rates und der Stärke, der Geist der Erkenntnis und der Furcht des HERRN. Und Wohlgefallen wird er haben an der Furcht des HERRN. Er wird nicht richten nach dem, was seine Augen sehen, noch Urteil sprechen nach dem, was seine Ohren hören, sondern wird mit Gerechtigkeit richten die Armen und rechtes Urteil sprechen den Elenden im Lande, und er wird mit dem Stabe seines Mundes den Gewalttätigen schlagen und mit dem Odem seiner Lippen den Gottlosen töten. Gerechtigkeit wird der Gurt seiner Lenden sein und die Treue der Gurt seiner Hüften. Da werden die Wölfe bei den Lämmern wohnen und die Panther bei den Böcken lagern. Ein kleiner Knabe wird Kälber und junge Löwen und Mastvieh miteinander treiben. Kühe und Bären werden zusammen weiden, daß ihre Jungen beieinander liegen, und Löwen werden Stroh fressen wie die Rinder. Und ein Säugling wird spielen am Loch der Otter, und ein entwöhntes Kind wird seine Hand stecken in die Höhle der Natter. Man wird nirgends Sünde tun noch freveln auf meinem ganzen heiligen Berge; denn das Land wird voll Erkenntnis des HERRN sein, wie Wasser das Meer bedeckt." „Ein schöner Text." sagte sie. „Aber ob wir das noch erleben werden?" „Warum nicht? Die Welt ist so verworren, das Gott irgend wann einmal handeln muss." „Ach, schön wäre es schon." meinte Sarah versonnen.

Die Tage gingen hin. Es gab Freude, aber auch manchen Kummer, so auch als die Römer eine neue Steuererhebung machten. Doch gerade in jenen Tagen, die von Hektik und Unruhe unter den

Menschen geprägt waren, strahlte plötzlich ein helles Licht am Himmel auf. Nicodemus und Sarah saßen auf dem Dach am Abend und sahen dieses Licht. „Das Volk, das im Finstern wandelt, sieht ein großes Licht, und über denen, die da wohnen im finstern Lande, scheint es hell." murmelte Nicodemus. Sarah sah ihn an. „Vielleicht wird doch noch alles gut. Gott gibt uns Licht und Hoffnung."sagte er und beide schauten schweigend zum strahlenden Firmament.

Soldatenleben

Einst war ich Legionär in der neunten Legion. Unser Herr war Cäsar Octavianus, genannt, Augustus. Gemeinsam mit unserem Legaten Quintus Maximus waren wir in Judäa eingesetzt, um dort eine Volkszählung vorzunehmen. Judäa war nicht eben jene Gegend unseres Reiches, die besonders beliebt war. Zu steinig, zu trocken und zu viele unzufriedene Menschen, die ein recht explosives Gemüt haben konnten.

Man munkelte von allen möglichen Rebellengruppen, die hin und wieder auch, in selbstmörderischer Weise, eine römische Kohorte attackierten.

Jedenfalls waren wir nicht begeistert, aber ein Legionär murrt wohl, doch er marschiert.

In Cäsarea wurden wir dann verteilt und gingen, kohortenweise in das Land hinein. Meine Kameraden und ich begleiteten einen Zenturio und seinen Schreiber in die Nähe von Jerusalem. Dort, in dem kleinen Ort Bethlehem, schlugen wir unser Lager auf. Es war das Gasthaus „Zur Traube", in dem unser Chef seinen Sessel in eine Ecke des Schankraumes stellen ließ und dem Wirt einen Beutel mit Drachmen reichen ließ.

So begann dort die Apographä, die Aufschreibung. Nun stellte sich heraus, dass dieser Ort seine eigene Geschichte hatte. Das Kaff wurde „Stadt Davids" genannt. Nun, ich hielt dieses Örtchen kaum für eine Stadt. Auch wenn es einen Markt hatte, an dem das Gasthaus stand und auf dessen anderer Seite die Synagoge, der Tempel der Juden, für ihre Riten, war.

Jedenfalls soll dort der größte König geboren sein, den dieses Volk je hatte. Was das bedeutete, wurde bald deutlich. Es gab eine ziemliche Wanderung der Menschen in diesen kleinen Ort. Dabei gab es mehr als einmal die Information, dass jemand seinen Stammbaum auf eben jenen David zurück führen konnte. Er muss wohl ein ziemlich guter Liebhaber gewesen sein, wenn man den

Beschreibungen, die so über ihn im Umlauf waren, glauben durfte.

Doch die meisten Leute werden wohl nur ein wenig auf den Putz gehauen haben. Ich konnte feststellen, dass diese Juden sehr viel Wert auf eine lückenlose Abstammung legen. Jedenfalls war viel los und unser Schreiber hatte alle Hände voll zu tun. Der Wirt machte einen guten Umsatz, denn, wenn auch viele meinten, von diesem David abzustammen, so hatten doch die meisten keine Gastfreunde im Ort.

Das Jahr war schon vorgerückt, als ein Paar in der Gaststube erschien. Er war nicht mehr ganz jung, hatte aber eine Frau, die kaum den Kindesalter entwachsen schien. Das ist bei diesen östlichen Völkern freilich nicht so etwas besonderes. Dafür sind ihre Frauen auch, kaum dass sie die dreißig erreicht haben, schon verhutzelt und verwelkt.

Diese junge Frau nun war schwanger und es schien so, als ob die Geburt nicht mehr lange auch sich warten lassen würde. Sie ließen sich, ohne zu murren, in die Liste eintragen und fragten dann den Wirt, ob er nicht vielleicht noch ein Zimmer frei haben würde.

Der Wirt schien nicht erbaut von dieser Anfrage. Nun ja, der Ehemann war wohl ein einfacher Bauarbeiter, ein Tekton, der sich mit

Gelegenheitsjobs durchschlagen musste. Er konnte sich die Zimmerpreise nicht leisten. Der Wirt freilich war ein Geizkragen, der auf seinem Geld bestand. Völlig niedergeschlagen wollten die beiden das Haus verlassen, als sich Quintus Maximus einschaltete. Er wies den Wirt an, den beiden ein Quartier im Stall, der zum Gasthof gehörte, zuzuweisen. Er warf ihm sogar eine Sesterze zu.

So zog das Pärchen doch sehr erleichtert hinaus und wandte sich dem Stall zu, der ein Stück weiter am Wiesenrand stand.

Wir machten weiter unsere Arbeit. Anschließend aßen wir ein wenig Lammragout und tranken einige Becher des recht ordentlichen Hausweines. Gerade als ich die Wache übernommen hatte, begann der Himmel zu leuchten. So etwas hatte ich noch nie gesehen und war doch mit der Legion ein gutes Stück herumgekommen. Es erinnerte mich an ein riesiges Feuer, das ich einst gesehen hatte, als wir im Süden Galliens anschließend einen Waldbrand bekämpfen mussten. Nur das es nicht jene glutenden Rottöne hatte, sondern von einer faszinierenden Klarheit war.

Nun, ich bin Soldat und kein altes Weib. Dennoch wurde mir ganz anders, als der Himmel immer heller zu lodern begann. Er schien sich zu öffnen, als ob seine Sphären, von denen Ptolemäus berichtet hatte, aufbrechen würden.

Sollte ich den Zenturio wecken? Sollte ich Alarm schlagen? Es passierte doch eigentlich nicht wirklich etwas bedrohliches.

Also entschloss ich mich, der Sache erst einmal nach zu gehen. Ich stellte mein Pilum an die Mauer des Gasthauses und machte mich vorsichtig auf den Weg. Als ich hinter den Häusern des Ortes die Weidegründe erreichte, spürte ich, dass ich nicht der einzige war, der von dem Phänomen Kenntnis genommen hatte.

Da waren zunächst die Schafe, die in den Hürden herum wuselten und Lärm machten. Dann waren da die Hirten, die fasziniert nach oben starrten.

Sie sahen sich plötzlich an, als ob sie mehr hören würden, als ich. Dann fielen sie auf die Knie.

Ich spürte einen seltsamen Druck auf meinem Gemüt, eine Mischung aus Euphorie und Schwäche, als ob ich eine Amphore Wein geleert hätte.

Das war mir denn doch zu dumm. Die Hirten sprangen auf. Sie liefen los. Plötzlich hatten sie es merkwürdig eilig. Ich folgte ihnen mit einigem Abstand.

Da war der Stall. Sie betraten ihn. Vorsichtig trat auch ich ein. Eine Öllampe spendete ein wenig Licht. Die Hirten knieten vor der Krippe, in der ein Säugling lag. Das musste schon etwas besonderes sein, denn ich kann mir nicht vorstellen, das diese harten Männer vor jedem Säugling niederknien. Ich schaute zu dem Kind hin. Es sah ganz normal aus. Ich war einmal selbst Vater gewesen. Damals in Gallien. Ich wusste also, wie ein Kind aussieht. Dennoch – ich spürte eine gewisse Erregung, fast, wie draußen, bei dem Leuchten des Himmels. Wie soll ich es beschreiben? Langsam sank ich in die Knie. Ich habe in meinem Leben mehr geflucht, als gebetet. Aber jetzt konnte ich nicht anders. „Gott, erbarme dich meiner." Das waren die Worte, die mir durch den Kopf gingen, als ich da kniete. Schaute mich das Kind an? Ich hatte jedenfalls das Gefühl.

Dann schüttelte ich den Kopf. Ich bin Soldat.

Ich trat hinaus aus dem Stall, in die Nacht. Das Spektakel des Himmels war verloschen. Nachdenklich ging ich zurück. Kurz kontrollierte ich die Wachen, dann legte ich mich schlafen.

Ich ahnte nicht, dass mir dieses Kind noch einmal, dann freilich als Mann, begegnen sollte.